능소화가 피는 골목

사임당 시인선 26

# 능소화가 피는 골목

ⓒ 2024 송순임


**초판인쇄** | 2024년 8월  5일
**초판발행** | 2024년 8월 10일

**지 은 이** | 송순임
**펴 낸 이** | 배재경
**펴 낸 곳** | 도서출판 작가마을
**등　　록** | 제 2002-000012호
**주　　소** | 부산시 중구 대청로 141번길 3, 501호(다온빌딩)
　　　　　　서울시 도봉구 도당로 82(방학1동, 방학사진관 3층)
　　　　　T. 051)248-4145, 2598　F. 051)248-0723　E. seepoet@hanmail.net

ISBN 979-11-5606-262-2　03810　정가 11,000원

※ 본 도서는 2024년 부산광역시, 부산문화재단 지역문화예술특성화 '부산문화예술지원사업'
　으로 지원을 받았습니다.

사임당 시인선 26

# 능소화가 피는 골목

송순임 시집

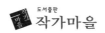

도서출판
작가마을

오래된 것은 아름답다며
낡은 것을 버리지 못합니다.

머문 자리는 흔적이 남아
쉬 떠나지 못합니다.

누군가 부르는 것 같아
뒤돌아봅니다.

아 다행입니다.
언제나 나와 함께하신
그분이 계셨음을,

오래 묵혀도 향기가 날까요?

시간의 저장소에서
빛바랜 기억들을 꺼내어
햇빛 좋은 날 펼쳐봅니다.

능소화에 스며든
바람이 전하는 말

살짝 귀 기울일
시간입니다.

2024. 여름
대연동의 푸른언덕에서 송순임

송순임 시집　　능소화가 피는 골목

## 차례

송순임 시집　능소화가 피는 골목

송순임 시집   능소화가 피는 골목

제 1 부   통영 가는 길

# 지심도

살다가 문득 생각나는 섬
먼바다 아득한 그곳
파도를 가르는 하얀 물살
그대 목소리 들리네요.
가만히 눈감으면 난 어느새
마음 두고 온 작고 예쁜 섬 하나
그곳에 있습니다.

섬 돌아 휘감는 바람이
내 목을 돌아 돌아
긴 머리 날릴 때
당신의 고운 미소 떠오르네요.
햇살은 눈부시고
내 마음 그대 향한
비밀 한 연정
아직도 곱게 접은 그대 향한 섬 하나
오늘도 그곳에 가고 싶습니다.

# 청산도

완도 뱃길 따라 청산에 이르다.
발길 닿는 곳곳마다 산들이 내려와
한입 가득 푸른 바람 한 자락으로
일 곱산 풀어낸 길

느릿느릿한 걸음으로
걷기를 배우다.

땅거미 찾아온 저 둔덕에서
멀리 흔들리며 떠 있는 배를 바라보다.

만선 되어 돌아오던 저 어구 둑에
기쁨 가득 내려놓던 섬 아부지의 고단함이
어깃어깃 동네 지붕 사이로
푸른 불빛 되다.

남도 끝에서 뜬 해를 이고
당리 언덕길에 오르다.

한 무리 여행객들이 아리랑에 취하고
눈멀어 득도의 경지가 무슨 소용인고!

쉬엄쉬엄 청산도의 일곱 봉우리마다
송화의 애끓는 서편제 가락이
굽이굽이 맺히다.

서늘한 바람 따라 밤길 나서다.

청산의 밤길은 꿈길처럼 고요하고
별빛은 길 위에 내려와
꿈처럼 길을 잃다.

아, 숲의 정령들이 나의 귀를 흔드니
옛사랑이 그리움에 사무치다.

# 섬 소년

아득한 곳에서
바다의 옹알이를 들었다.
잠결인가
꿈결인가
소금장수 할아버지 뭍으로 떠나가고
소년은 남아서
바다의 숨소리를 들었다.
밖으로 나가자
간밤에 쏟아져 내린 별 조각은
쥐어도 쥐어도 바람으로 흩어지고
소년의 가슴엔
휑한 파도 소리 일렁인다.

물새 발자국
하나둘 세다가 끝끝내 놓쳐버리고
소년의 등 뒤엔
돌아서 눈물짓는 어머니
어머니

돌아보지 말자.
돌아보지 말자.
하얗게 일어나는 상처 매만지며
던지자.
던져버리자.
인생은 어차피 혼자되는 연습

그렇게 뭍으로 간 소년은
돌아오지 않았다.
바닷가 저편 오두막엔
아직도 바다의 옹알이만 남아 있고...

# 공극

모래의 살갗들이
맞닿은 그 자리

태양의 빛살이
바다의 물살이
간격을 메운다.

바람이 전해주는
아무도 모르는 귓속말

그래서 모래알은 아프지 않다.
그래서 모래알은 상처가 없다.

공극은 치유다.

## 바다로 돌아가자

그리움이 가슴 가득 밀려오는 날에는
우리 바다로 달려가자.
터질듯한 그 애절함
모래 위에 풀어놓고
손가락이 닳도록 꼭꼭 묻어 버리자.
그래 그런 거야!
그리움은 다 그런 거야!
빈 마음으로 돌아와
또다시 목까지 채워지는 아픔 있으면
잊은 듯 그렇게 바다로 또 달려가자.
꺼이꺼이 울어도 파도가 삼켜버리면
그것도 싱거워 옷 털고 일어나자.
걱정마!
눈물은 마르지 않아!
그리움도 샘솟고
눈물도 샘솟고
그렇게 살다가 사랑놀이 끝나면
우리 한 방울 남은 사랑으로
바다로 돌아가자.
바다와 하나가 되자.

# 통영 가는 길

난 통영 가는 길을 좋아한다.
구불구불 휘어진 길이 참 좋다.
육지와 섬이 이어진 다리를 건너면
나의 숨바꼭질이 시작된다.
산을 감고 고운선 따라 나타나는 섬이 동동 떠 있고,
흑백영화처럼 강촌이 평화처럼 흐르고,
미지의 세계를 탐험하듯 항만의 크레인들은
바다 위에선 잘 전시된 조각품이다.

난 통영 가는 길이 참 좋다,
이 길 끝에는 나를 기다리는 사람이 있기 때문이다.
피붙이가 그런 것일까?
물이 땅에 스며들듯
나의 여동생은 누군가의 부르심으로
그렇게 그 땅에 뿌리내려 일가를 이뤘다.
뿌린 대로 거두리라.
손길 발길 따라 눈물 뿌리고
거친 손 모우고 주님께 기도하는 굽은 어깨도
통영 가는 길을 닮았다.

〉

어머니가 통영 가는 길은 주님께 닿는 길이다.
황해도 연백에서 통영까지
어머니의 굴곡진 인생과 참 닮았다.
태어나 증손녀까지 100여 년을 굽이쳐
통영까지 올줄이야
이젠 돌아가려 한다.
처음 시작한 그곳으로 다시
연어의 귀환 같은 삶의 종착을 하려 한다.
구불구불 통영에서 연백까지
주님이 주신 그 아름다운 곡선 따라 그 길을 가려 한다.

그리고 난,
왔다가 가는 길을 통영 가는 길에서 찾았다.

## 안개비

맛깔스런 조미료처럼
촉촉한 안개비가 이 도시를
적당히 버무리고 있습니다.

서글서글한 간이 배도록
깐깐한 도시인의 입맛도
적당히 얼버무리고 있습니다.

한 땅 위에 한 하늘 아래
한 말 갖고 살아가는데
누구는 너무 먹어 비만하고
누구는 먹는 것에 비애를 섞는다지요.

바보 같은 TV는
내가 사는 이웃이
불결한 위생으로
3년째 전염병 발생지라고 일러 줍니다.

아는지 모르는지...

〉

하여튼
누구의 손맛인지
안개비는 쉬지 않고 이 도시를
떡 주무르듯 합니다.

## 강변에서


강물이 흘러서
내게로 온다.
잠시 머물다 저만큼 흘러가고
매미 소리 강물 따라
이 만큼 밀려오네.
금오강 오리배는 길손 기다리고
우연한 낚시꾼 목선에 짐 실으니
집 떠나 홀로 된 나는
동동주 받아들고 취한 척 즐거웁다.
노란 나뭇잎 물결 따라 출렁인다.

# 지리산


한 방울 빗물이 골짜기를 이루고
한줄기 빗물은 바위의 산 물줄기 이룬다.
폭포
흩어져 소리치는 생명의 물줄기는
계곡에 이르러 이윽고
산고의 골짜기를 올려다본다.
돌아보지 마라. 떠나라.
더 큰 강줄기를 이루라.
세찬 바람과 숲의 새소리 가끔 찾아오는
들짐승들의 고요한 발자국
낮은 데로 낮은 데로 흐르고 흘러
강을 이루는 물줄기는 산등성을 타고
외치는 골짜기의 음성을 다시 듣는다.
생명의 소리
엄마의 바다
그렇게 흐른 강물은 마침내 바다에 이르러
생명의 원천이 된다.

# 수국 예찬

갈래꽃 수국은
작은 조각들이 모여
통을 이룬다.

함께라서 좋다.
갈래는 흩어지기 쉽지만
모이기도 잘한다.

수국의 색은 환상적이다.
신비하고도 고상한 색이다.
심중에 담긴 하고 싶은 얘기들이
오묘하게 들린다.

우리 모두는 갈래갈래 모여서
한통속이 된다.

수국은 함께 사는 법을 안다.
가족이, 친구가, 부부가 어울리며 산다.
오늘 아침 수국이 나에게 말을 건다.

〉

갈래로 살래?

통으로 살래?

# 폭포

하얀 치마폭
사이사이마다
지리산 골바람
풀어 헤치다.

하늘로부터 쏟아지는
하얀빛 알갱이들

알알이 보석으로 품은 순백의
웨딩드레스.

# 오후 4시 커피

뉘엿뉘엿 해 지는 오후 4시
진한 커피 향이 그립다.

산 위의 먼 구름
모락모락 커피잔에 머물고
먼 산 단풍잎 살짝 띄우면

시간도 머물고
사랑도 머물고
그렇게 진한 가을 한 방울씩
우리의 젊은 날도 머물렀던

모퉁이 카페 오후 4시

# 천년의 사랑

## – 로렐라이 언덕에서

누군가 올 것만 같아서
자꾸 뒤돌아보았다.
사과 꽃나무 흐드러지고
무너진 사랑에 가슴 저미는
시리도록 아름다운 저 슬픔이여!

햇빛 눈부신 라일락 아래서
보랏빛 그리움으로
방울방울 흘러간 뜨거운 눈물이
하얗게 물안개로 피어오르는
라인강의 추억.

찰랑이는 당신의 고운 머릿결
내 목덜미에 휘감기고
결 고운 바람 따라
나 어느새
로렐라이 언덕에서
새 노래를 부른다.
그리운 사랑이여!

천년의 기다림이라도
나 여기 있으리니…

그대,
나그네로 지날 때에
나의 이름 불러주오.

능소화가 피는 골목 · 송순임

제 2 부

아프면서 오는 봄

# 아프면서 오는 봄

봄이 오려 한다.
오면서 앓는 소리를 낸다.
꽃눈 하나 틔울 때마다
아픈 소리를 낸다.
사계절을 돌아 바람과 나무와 숲을 지나
저 있던 곳까지
씨를 품고 앓는 소리를 내며
아프게 온다.
그저 화사하게 오는 것이 아니라
아프면서 온다.

# 3월의 꽃눈

문득 발아래 꽃눈이 쌓인다.
이른 봄, 꽃이 채 피기 전인데
올려다보니 벚나무 가지 끝에
몽글몽글 벚꽃이 만발이다.

떨어지기 싫었을 게다.
밟혀지기 겁 났을 게다.
그때도 그랬을 거야.
눈이 부시게 푸를 청춘이
꽃눈처럼 하얗게 스러져
넘어져도 일어서고
바람처럼 다시 살아
온 세상 하얀 불 켜
다시 찾을 자유의 함성

그때도 그랬을 거야.
차가운 땅 기운 뚫고
3월의 꽃눈들이
피고 지고 피고 지고.

〉

먼저 피면 어떠랴.
먼저 지면 어떠랴.
내 한 줌 흙이 되어
벚꽃 만발하도록
다시 찾을 자유의 나라

# 4월의 제주

나무들이 빛을 품은 제주의 숲은 참 예쁘다.
바람이 숲에서 나와 바다로 향한다.
빛으로 바람을 잉태한 제주의 숲은 바다가 어머니다.

생명은 바다로부터 온다.
꿈결에도 바다소리를 듣는 제주의 숲은
바다의 언어로 꿈을 꾼다.

한 번도 섬을 떠나본 적 없는 해녀 엄마의 딸은
제주의 숲을 닮았다.
제주의 숲 바람은 섬 처녀의 노래다.

아주 오래 전,
그리고 그 후

아무도 말하지 못할 그때도 제주의 숲은
낱낱이 바람으로 흩어진 그때 4월은
슬픈 노래를 목 울음으로 불렀다.

오늘도 바다에선 생명의 소리가 들려오고
바람의 소리는 별이 되었다.
오늘도 제주의 숲은 정말 어여쁘다.

# 다시 5월에 서서

그해 5월은 유난히 따가운 햇살이었다.
빛고을에 내려앉은 무거운 침묵
철필로 기름종이에 새겼던 그 진실의 말들
보고 듣고 느끼고 가슴 저리던 날들

자성대 육교로 달려가 울분했던
하얀 셔츠들의 행진 속에 나는 없었다.
가려진 진실 속에 침묵의 증인이 되어
사라진 육교*를 허황되게 바라보며
나의 빚은 이자에 이자를 더하고
빚진 자의 삶은 신의 용서로
겨우 버티며 숨을 쉰다.

다시 5월에 서서
진실의 가면을 벗고
진리가 자유케 하는 신의 명령 앞에
7번을 77번 용서와 화해를 내어놓고 엎드린다.
통곡의 눈물들이 방울방울 치유의 빛이 되어
사랑으로 피워 낼 자유의 양심들이

인간을 구원하고
미움과 폭력이 사라질 이 땅의 평화가
다시 부활 되는 5월의 새 아침

나는 자유로운 이 땅에
입을 맞추리라.

＊민주화를 외치던 '자성대 육교'는 2021년 철거되었다.

# 홍매화

잔설 끝 남은 바람이 휘휘 도는 산사에
몽글몽글 홍매화 화알짝 터지고
쏟아지는 봄볕들이 꽃향기에 취했습니다.

이루지 못한 사랑은 가슴에 묻었건만
봄 되면,
아, 그 아련한 봄이 되면,
또다시 불꽃 되어 그 먼 길 돌아옵니다.
어긋나는 발걸음마다 붉은 꽃잎 드리우고
방울방울 맺힌 눈물에 그리움 삼켜도
땅에서 하늘로 하늘에서 땅으로
천년만년 이어지는 붉은 내 사랑.

# 가죽

가죽은 봄에 나는 봄나물이다.
4월쯤 잠깐 새순으로 돋을 때 채취하며
봄 식탁에 입맛을 돋운다.
4월이면 어김없이 가죽 나물이 내 식탁에 오른다.
가죽은 짭조름 묘한 맛이 자꾸만 입맛을 당긴다.
가죽맛을 첨 맛본 그날 그곳 그 사람

4월 햇살이 눈 부셔
사과 꽃 흩날리며 설레이던 날
첫사랑의 맛처럼 그렇게
가죽의 맛을 알아버렸다
그 맛 그곳 그 사람
가죽은 시도 때도 없이 떠오르는
또 다른 그리움이다.

# 능소화가 피는 골목

우리 동네 골목에 들어서면
능소화가 담장 너머
환하게 웃고 있다.

시골도 아니고
아파트가 주렁주렁
널부러진 동네 어귀에
붉은 능소화가 천연덕스럽게
턱 괴고 쳐다본다.

고집스런 이층집의
능소화 뿌리가
줄기를 힘차게 밀어주면
푸른 능소화 잎에
바람들이 들어와
도란도란 세상 이야기를
풀어 놓는다.

능소화가 피는 마당 깊은 집엔

참 좋은 사람들이 살 것 같다.
능소화가 있는 골목엔 집집마다
사람들이 참 따뜻할 것 같다.

# 6월의 정원

6월의 문에 들어섰군요.
여기까지 온 걸음으로 오신
당신의 고운 발에
이슬로 엮은 신을 드릴께요.
발에 채이는 산뜻한 풀잎들은
손님을 맞이하기에
연푸른 수줍음을 담고 있지만
살포시 부끄런 발걸음으로
6월의 정원으로 들어오세요.

당신의 머리 위로
시간은 바람처럼 흐르고
6월의 향기는 긴 머리로 휘감은
여인의 하얀 목덜미 위를 감싸고
인생은 빛처럼 아름답다 말하는
태양의 속삭임을 들어보세요.

참 잘 오셨어요.
인생은 가끔 초대하지 않은 폭풍우의 마중도

그저 헛된 것이 아님을 알기에
깊숙이 들어온 6월에 몸을 맡겨보세요
붉은 들장미의 여신들이 당신의 손을 잡고
태양의 축제로 이끌어 줄 거에요.

느껴 보세요.
이 모든 것이 댓가로 얻어진 것이 아닌
신이 우리에게 부여한 사랑의 이끌림에
난 그저 새털처럼 구름처럼 비어져 간다는 것을
그리고 이 비밀의 정원에 아름다운 당신이 오셔서
6월이 가득 빛나고 있음을

# 하지

구름이 낮게 내려왔다.
낮의 해는 잠시
구름 뒤로 슬쩍 자리를 피했다.
두둥 두둥 들떴던
내 맘이 가만가만
제자리로 돌아와
평안을 찾았다.
방울방울 빗소리가
내 귀에 잦아드는 날
여름의 시간은 시작되었다.

# 9월이 오는 소리

옥수수 여물었던 자리에
농부의 발소리가 자분자분 들려오고
가을비에 뜨겁게 달궜던
몸을 식히는 흙들의 안식이여!

사과가 익어가고
가끔 참새의 톡톡톡 단내를 확인하는
소리 들릴 때쯤
어머니는 불임 된 대추나무가
하나둘 대롱거리는 대추알을 어루만지며
올해는 튼실하게 맺어주기를 간절히 바라신다.

봄의 꽃들이 다녀간 자리
옥수수 알알이 익었고
하여, 다시 생명을 품는 흙의 모성이여!

국화 모종 다독이는 어머니의 고운 손끝에서
9월이 오네, 9월의 소리를 듣네.

# 가을 산책

아무도 아는 사람 없이 길을 걷고 싶다.
우연히 마주치는 사람도 없이 바람을 맞고 싶다.
천천히, 그리고 리듬에 맞춰 발에 채이 듯

엊그제 새로 간 구두 굽 소리를 들으며
긴 원피스 밑으로 언뜻언뜻 보이는
까만 구두를 내려다본다.

어깨 위에 흘러내리는 하늘색 얇은 스웨터의
하늘거리는 감촉, 겉치레는 더 이상 만족할 수 없다.

저마다 가고 오는 네거리에서 선다.
파란 불이 들어오도록 마냥 기다리며
저만큼, 문화회관과 자유 시인*과 박물관을 본다.

문화와 문맹의 공존, 옛것과 지금의 동반
자유와 혼돈이 범람하고, 나는 여기에 서서 바람을
탄다.

자동차 멈추고, 차도 위 흰 줄을 밟고
세차장을 지나 골목으로 들어선다.

소음 없는 하얀 빌라 앞에 얌전한 자동차,
달콤한 불빛, 눈감아도 환한 동네 골목 어귀
또각또각 구둣 소리

조금 더 느리게 조금 더 느리게
느리게 느리게 바람을 잡자.
아주 천천히, 그리고 리듬에 맞춰 발에 채이 듯

* '자유시인'은 고풍스런 주택을 개조한 카페 레스토랑으로 문화회관 공연
  후 만남의 장소나 선보는 장소. 혹은 시인들이 홀로 앉아 시상을 느끼게
  하는 운치있는 곳이었다.

# 가을이 되면

가을이 되면
드문드문 잊었던 이들에게
전화가 온다.
낯선 이름 석 자 눈에 들어오면
세 번쯤 벨이 울릴 때
파란 버턴을 슬쩍 누른다.
반갑게도 투박하게도 아니게
그저 무심한 듯 갑자기 생각난 듯
그래도 먼저 걸어준 전화 너머 그들에게
고마움과 내민 손을 덥석 잡고 싶은 속내를
선뜻 내뱉지 못한다.
전화가 울리면 나는 또 기대한다.
어떻게 지내는지 지금은 뭘 하는지
차 한잔 하고 하고 싶다는
그 말을 듣고 싶어

# 겨울 빗소리

오래 잊었던
그대 목소리 들리네요.

잊을 수 있다고
가슴에만 묻어둔
씨앗이 움트게

어젯밤부터
창문 앞에 서성이던
그대 목소리

능소화가 피는 골목 ● 송 순 임

제 3 부  새벽 기도

# 수혈

잠결도
꿈결도 아닌
아득한 곳에서 떨어지는 폭포수 소리
내 몸 안에 남아있는 몇 조각의 멍든 물
탈수
두 손 더듬어 부활의 십자가 찾아보지만
아득한 골짜기
눈멀고 귀 멀어
헤메다 지친 영혼
두 손 맞잡고 머리 조아리면
사랑하는 내 딸아!

네가 나를 사랑하느냐?
시몬이 가르쳐 준 대로
'주님께서 아십니다.'
고백은 눈물로 넘치고
보혈의 강 위에 생명줄 하나

# 편견

1
밤새 첫눈이 내렸다.
눈이 잘 오지 않는 부산인데
11월 중순에 눈이 내렸다.
'이것 봐 밤새 눈이 왔네~'
구순 엄마의 소녀 같은 목소리가
옥구슬 같았다.

2
돼지가 하늘을 못 본다구요?
왜 위로만 본다구 생각하나요?
옆 눈으로도
앞 눈으로도
볼 수 있지요
하늘은 땅끝까지 내려와 눈 맞춤 하지요.
누구나 볼 수 있게

3
내 눈에 들보는 못 보고

남의 눈에 티만 본 다구요?
티가 자라 들보가 되지요.
티 날 때부터 거기서 거기

# 아버지와 진달래
### – 이기대 소고 1

그곳에 가면 아버지가 보인다.
하늘과 바다가 감싸 안은
길도 없는 절벽을 돌아갈 때 난
아버지 손을 꼭 잡았다.

그곳은 낭떠러지
철썩이는 소리가 발밑에 있어도 난
아버지 등만 바라보았다.
눈길 따라 진달래가 팔랑거렸다.

지금도 그곳은
절벽이 있고 낭떠러지가 있고
철썩이는 파도도 그대론데
진달래 꽃길 따라 미끈한 둘레 길이 생겼다.

그곳에 가면 진달래가 있다
나의 젊은 아버지가 그곳에 있다.

# 어머니와 도토리묵
– 이기대 소고 2

그곳엔 도토리가 많이 있었다.
다람쥐보다 날쌘 솜씨로
바구니에 주워 담았다.
가끔 엄마 몰래 깨물어 보지만 여전히
떫은 도토리는 아드득 아드득 맛있는 소리 때문에
뱉었다가 다시 입에 넣곤 했다.

거칠게 묵을 쑨 엄마의 맛보다
미끈하고 탱탱한 도토리묵 무침은
떫지도 거칠지도 않다.
그때는 도토리묵을 깨물어 먹었는데
지금은 도토리묵을 오물오물 먹는다.
그때는 모든 게 거칠었고
지금은 모든 게 매끄럽다.

그곳엔 아직도 도토리가 있고
나의 젊은 어머니가 그곳에 있다.

# 흔적

　내가 국민학교 2학년 때 이사한 부산은
　남촌 갯마을이었다.
　갯벌을 메워 용광로를 건설하겠다는 산업 시대의 역
군들은
　정말 개천에서 용트림을 하고 있었다.
　온몸에서 떨어진 땀방울들이 쇠를 녹여내
　불이 물처럼 시뻘건 쇳물은 흘러내리듯
　고무장화 속 아버지의 발잔등을 이글이글 삼켰고
　하얗게 상채기로 남은 반질반질한 죽은 피부의 표면
은
　용의 발자국이었다.

# 골짜기

이 산과 저 산
사이가 너무 멀어
골짜기를 만들었습니다.

너와 나
마음이 너무 멀어
골이 깊어졌습니다.

골 깊은 산 속엔
허무한 메아리
골 깊은 너와 난
심연의 골짜기

골짜기가 시작되고
너와 내가 맞닿은,
주여! 그곳이 바로
당신의 시작입니다.

# 내 수고의 땀방울이

하나님의 선택받은 자여!
손에 든 직분을 부여잡고
하나님의 법괘가 어디에 있는가?
부르는 자에게 찾아오실 그분을 위하여
애통하고 탄식해온 기도의 세월

주인은 들판에 있는데
우리는 백향목 궁궐에 앉아 있습니다.

저 벌판에서 들려오는 구원의 소리 있어
이제 모든 것 내려놓고
그분을 이 성전의 주인 되게
닫힌 문 열게 하옵소서.
그들이 저 하는 일을 알게 하옵소서.

다시 한번
십자가 옆에 주님 주신 면류관 내려놓으며
가난한 마음으로 두 손 모읍니다.

당신을 알아가는 것이
당신을 닮아가는 것처럼
당신의 말씀에 귀 기울여
비로소 이 땅의 주인으로 오시는 날

착하고 충성 된 종의 직분으로
내 수고의 땀방울이
주님 오실 길에 마르지 않는
진토되게 하옵소서.

# 새벽 기도

덜 깬 잠 뿌리치는
어두운 이슬길
세상의 유혹과 욕망을
거스르는 시간.

바람이 목에 걸려
헛기침으로 토해도
명치끝 응어리진
무거운 고백
주여! 내가 여기 있습니다.
네가 나보다 더 아파보았느냐?
네가 나보다 더 억울하였느냐?

모아 쥔 두 손에
말씀 고이고
매무새 고치며 첫걸음으로 내딛는
십자가의 길.

# 지젤에 관한 모노로그 1

– 러시아 상트페테르부르크 마린스키 극장에서
발레 '지젤'을 보고


귀뚜라미, 소리 짙다.
너의 애끓는 소리에
여름이 소스라치다.


지젤, 고의는 아니지만
너의 사랑을 엿보고 말았어
그때 난 러시아의 어느 황녀처럼
가슴 설레며
너의 사랑을 엿보고 말았어
마치 너의 연적처럼


지젤, 가만히 생각해보지만
그건 신들의 장난이었을 거야
죽음이란 사랑의 함정
하지만 너의 혼령이
스치듯 스치듯 네 사랑과 어긋날 때
내 가슴은 미어지는 아픔을 느꼈어
권위와 위선과 오만 앞에
너의 사랑은 위대한 승리자

돌아서 나오는 극장 앞엔
너의 눈물처럼 비가 내렸고
네바강은 내 눈높이에 있었다.

## 지젤에 관한 모노로그 2

난, 시골 소녀 지젤
자작나무와 올리브 숲에서
맑은 이슬과 바람과 그리고 향기로운
꽃처럼 그렇게 살았어요.
사랑이 뭔지도 몰라요.
어머니가 말했어요.
그건 안 돼 나의 아가
그건 너무 아픈 거야.
하지만 머리가 빙빙 돌아도
온몸에 전율하는 그런 느낌
그것은 내 가슴에 박혀있는
단 하나의 징표
나는 사랑이 뭔지 몰라요.

## 지젤에 관한 모노로그 3

길을 잃고 방황하며 숲에서 길을 잃다.
두려움과 외로움과 공포
세상은 나에게 고독으로 다가왔고
화려한 궁전도 아름다운 황녀도
내겐 아무도 없었다.
맑은 이슬과 바람과 꽃과 같은 지젤
난 이제 외롭지 않아
영롱한 혼들이여
그 무엇도 우리를 갈라놓지 못해
나 죽음의 강 건너리.

# 지젤에 관한 모노로그 4

언제부턴가
너의 마음 멀어져 가고
나에게 남은 외사랑만 혼자 울고 있네.
돌아올 줄 모르는 내 사랑
죽음인들 두렵지 않아
피 토하며 쓰러진들
누가 나를 거두리.
나 혼자 쓸쓸히 그대 곁에 맴도는
사랑의 그림자

## 지젤에 관한 모노로그 5

올리브와 자작나무와 신들의 은총
이곳은 우리들의 낙원
밤이나 낮이나 숲속을 떠돌며
이렇게 말했죠.
사랑은 헛된 거야.
죽음의 계곡
그건 함정이야.
언약하지 말 것.
하지만 그것도 전설 속의 이야기
이젠 우리가 사랑의 화신
밤이나 낮이나 이렇게 말하죠.
사랑은 아름다운 것.

제 4 부  산다는 것은

# 일상 1

매일 시간의 자락 속으로
내 삶을 밀어 넣는다.
군불 지피듯 일상의 조각 위에
그리움도 밀어 넣고
슬픔 한 자락도 슬쩍 던진다.
삐져나온 기억 몇 조각
그래도 잊지 못해
활활 불꽃 속을 이리저리 뒤적인다.
언젠가 사위어갈 꿈같은 젊은 날이
아직도 꺼지지 않은 내 심장 속에 갈피갈피
미련으로 남아 있다.

# 일상 2

누구나 삶의 그림자 안고 산다.
청춘의 그림자 깔고 빛나는 태양 아래
튕길 듯 바람의 화살 맞아도
그림자는 청춘을 이고 간다.
저 들녘 지나 황금 너울 끝
서서히 내 그림자 일어선다.
노을 끝자락 서보라!
누구나 그림자 딛고 서 있다.
부러진 바람 잡고
그림자 서서히 일어난다.

# 풍경

기차가 서 있는 플랫폼
긴 머리 여자가 군복 입은 연인의 목을 감는다.
세상 끝 이별 같은 슬픔이 간이역에 흐른다.
긴 외투 네모난 주머니 목도리까지 두른
한 남자가 힐끗거린다.
둔탁한 겨울 햇살과
철로 위에서 올라오는 냉기에
이르지 않는 겨울 추위가 서성인다.

서서히 기차가 떠난다.
늘 그런 것처럼 흐르듯 떠난다.
긴 머리 여인의 등 뒤로
따스한 해가 간지럽다.
군복 입은 연인의 목이 간지럽다.
청춘이 흐른다.

# 산다는 것은

고가도로 위에서 도시를 바라본다.
아파트 창문에서 흘러나오는 불빛
층층이 고단한 도시인들의 애환도
섞여 나온다.

4인 가구 아니면 둘이 사는 부부,
혹은 홀로 사는 집
해가 지면 사람들은
이 건물에서 나와 저 건물로 들어간다.

하나둘 불이 꺼지면
모두들 잠드는 밤
죽음과도 같은 잠

달은 반쪽이 된 얼굴로
힘없이 바라본다.

어디에도 맘 붙일 곳 없는 나그네의
방향 잃은 눈동자도

이리저리 굴러다닌다.
아파트 사이로
교회의 붉은 십자가

이윽고 아침이면
부활처럼 잠에서 깨어난다.
산다는 것은
그렇게 매일 매일
죽음과 부활을 연습하는 것이다.

# 사랑


우연히도 마주친 몽돌
인연되어 책상 위에 올려놓고
지나가다 쳐다보고
밥 먹다 돌아보고
자기 전에 만져보다
정들어버린 사랑.
그럴 줄이야.

## 내가 그 사람을 다시 만나면

어쩌다 우연히 백화점에서
길가며 떠들썩 친구 앞에서
어느 날 조용한 카페 안에서

내가 그 사람을 다시 만나면

안녕하세요 손 내밀며 인사를 할까?
조용히 멋있게 응시만 할까?
아니면 돌아서 모른 척 해버릴까?

하루종일 설레다
거울 앞에 선다.

오래된 기억들
오래된 미래

더운 여름
상상놀이

## 흐린 날에는

흐린 날에는
구름이 산에 내려와 살포시 입을 맞춘다.
그런 날에는 산도 구름을 포근히 감싸 안는다.
산과 구름은 사랑을 한다.
.
.
나도 그런 사랑을 하고 싶다.
이런 날에는

# 창밖에는 비가 내리고

저리도 깨어서 소리치는데
잠들지 못한 밤
무수한 말들이 심사를 흔든다.

부르다 부르다 제가 지쳐
흐느끼는 그대

시공 없이 떠오르는 희뿌연 망상
아직도 그대 향한 은밀한 갈망처럼

어눌한 가슴엔
흩어지는 비

아직도 창밖엔
잠 못 드는 그리움 하나 서성이는 데

# 연극 그리고 배우

왜 연극을 보는가?
적어도 생각을 하게 하니까.
왜 연극을 하는가?
본능이니까.
어떤 여자가 아이를 유괴해 살인을 저질렀다.
담박에 그녀는 끔찍한 연극의 주인공이 되었고
사람들은 분노의 관객이 되었다.

그러나 우리는 잠시 후 그녀에게서
우리의 자화상을 본다.

연극이 보는 것과 하는 것
이분법적 논리일까?

이제 우리는 무대 위에서의 행위가
곧 나에게 전이되고, 동화, 변화됨을 안다.
표피적인 일상에서 저 깊은 내면에 이르기까지

배우라 칭하는 이
바로 나이며, 관객이며, 행위이며, 연극인 것을.

## 시인과 가수*

해맑은 웃음으로 세수하고
옥중에서 깨어난 민족 시인은
세파에 찌든 아내보다 젊었다.

90년대 태어났으면
서태지가 됐을 거라는 시인은
머리카락 긴 록 가수의
7년 기다림으로 마주 앉아

노래와 시로 뜨거운 가슴을 나누며
대명천지 환한 웃음을
가슴으로 웃었다.

＊김지하와 윤도현

## 나훈아 어게인

결코 가볍지 않다.
모두가 바라보는 그곳을
그는 돌아앉았다.

눈이 살아있다,
둔탁한 등허리 위로
은빛 사자머리 가르고
아이처럼 웃는다.

누가 누구를 책임지는가?
세월을 올라타는 선장이 되어라.

울대까지 올라온 진한
심장의 소리를 들었다.

저린다.
애잔하다.
포효한다.
사랑한다.

그리고 난

.

.

사람을 보았다.

# 시 한 잔

시 한 잔 받으시게.
하고픈 말 다하고 살 수 있나.

그렁그렁 시 한 사발
탁한들 어쩌겠어.

그러다 심드렁하면
시 한 잔 곁들 일 일

주객이 바뀌었다고 탓하지 말게.
세상사 돌다 보면 모두 제자리

이심전심 주객전도
시 한 잔 받게나.

# 하루

손끝 하나 닿는 일이
얼마나 위대한 것인가?

눈빛 닿는 일이란
얼마나 절절한 것인가?

사랑의 힘이란 또
얼마나 충만한 것인가?

그 하나 찾기 위해 헤맸던
수많은 끝과 빛과 힘들

또, 하루를 나선다.

능소화가 피는 골목 ● 송순임

제 5 부  유엔 공원

# 길 위의 녹턴*

저 멀리 북극성 아래
피란수도 1023일
접어둔 시간을 펼친다.

두 발로 헤쳐 오며 뿌린
눈물의 흔적들
흐릿해진 눈길 따라
주름진 바다

켜켜이 녹턴의 선율이
내려앉는다.
붉어진 눈가 뒤로 눈치 빠른 영도 바람이
노인의 목덜미를 어루만진다
70년의 파노라마는
길 위에서 녹턴이 된
피아니스트의 은빛 머리카락으로
흩어진다.

*광복 70주년 피아니스트 한동일의 피난살이 추억, 영도다리 위에서 녹턴을
연주하다—KNN.

# 유엔 공원

평평한 길 위에
바람이 눕습니다.
하늘도 반쯤 내려앉아
아무도 모르는 작은 연못
새끼오리들 모처럼
울 밖에 나왔습니다.

평화가 있는 곳
몸보다 마음 먼저 달려와
눈 감아도 어느 새
발길 닿는 이곳
초록 물드는 가을비 속에
내가 있습니다.

고요해서 슬픈 길
다시 돌아갈 수 없는
그래서 처음부터 없던 길
이름 모를 아름다운 이국의 청춘
숲 모퉁이 돌아설 때
하늘가 불그스름 눈물 훔칩니다.

# 찰리, 내 사랑!*

아침이 그토록 눈부셨던 그 날!
달콤한 작별 키스 아직도 남아있는데
곧 돌아온다던 그 손 놓지 말 것을,
지구의 동쪽 끝 미지의 나라
달빛 곱던 강물이 선홍색 핏빛 되고
내 소중한 당신 이곳에 잠들던 날
늦가을 붉은 사과 시리도록 아름다웠지요.

아직도 사랑하는 그대
다신 돌아오지 못해도
나 이 세상 떠나는 날
한줌 재로 당신 곁에 있겠습니다.
찰리, 내 사랑

* 한국전에서 30세에 전사한 호주출생 찰리그린 대대장을 평생 그리워하던
부인 올윈그린은 유언대로 2023년 9월 유엔묘지에 남편과 합장되었다.

# 김좌진 장군 생가에서

아무도 없는 빈 들에서
들리는 황량한 바람 소리

먼 그곳
외치는 자 서 있던 자리 들판 곳곳에
피 울음으로 일어서는
그대여, 그대들이여!

내 안에 솟구치는
아린 숨 들이킬 때
귀 기울여 다가오는 영혼의 발자국
들리나니,

오,
나 이곳에서
시린 그리움으로
별을 바라본다.

# 우크라

아흔 넘긴 어머니가
우크라를 얘기하신다.

우크라 우크라
매일 TV 앞에서
두 손 모아 기도한다.

우크라 우크라
어머니의 기억 속엔
잃어버린 70년
황해도 연백의 고향집이 겹쳐 보여.

오늘도 우크라 우크라
눈물을 삼키신다.

# 아버지께

 - 이산가족 만남을 보면서

차라리 잘 되었습니다.

이게 무슨 일인가요
도무지 이해가 되지 않아
머리를 감싸 쥐었습니다.

살아생전 못 만나면
죽어 귀신 되어 만나려나
꿈인가, 생신가
죽은 사람 돌아오고
울어야 하나 웃어야 하나
세상이 헛돌더니
3일 뒤 또다시 이별은 웬 말인가?

몰라서 헤어진 건 그렇다 치더라도
알고 하는 이별은
천 갈래 만 갈래 찢어지는 아픔
백주 대낮 땅을 치고 가지 말라 붙들어도
누구 하나 말리는 이

하나도 없어
체념하고 산 세월 그리움도 견딜만해
살아야 또 본다고 꼭꼭 약속해 보지만
살날이 얼마 없어
이승의 인연은 이것뿐!

아버지
그래도 가슴이 북받쳐와
눈앞이 앞을 가려
그 속에도 안 보이는
아버지가 원망스러워
목 놓아 나도 같이 울었습니다.
이승에서의 한도
아버지의 몫일 뿐

차라리 잘 되었습니다.

한 점 고통 없는
아름다운 하늘나라

오늘도 그곳에서
아버지! 아버지!
안녕히 계십시오.

# 담쟁이

가을빛 품고 유색으로 치장하니
요조함이 따로 없네.
저 벽은 이제 더이상
타고 넘을 대상이 아니다.
버티고 버텨 더이상
땅을 딛고 경계의 짐이 되려 하지 않는다.
민초의 담쟁이는 허리를 껴안고
서로에게 기대어 더 넓은 세상을 꿈꾼다.
벽이여 오라. 손잡고 넘자.
서로가 품고 품어 온기 넘치는
따뜻한 너와 나이다.

# 아트펙토리 인 다대포

차가운 바닥이라도 좋았다.
구석에 웅크린 희뿌얀 먼지는
그제야 나비처럼 훨훨 날개를 단다.
캔버스에 나무가 내려오고
도올 돌 구르는 돌멩이 부딪히는 소리 들리고
어여쁜 소녀 하나 따라 나왔다.
창조의 동산에서 나무를 깎고, 철을 두드려
생명을 불어넣는 기쁨의 노동
비로소 우리는 자유를 얻었다.
여기가 아트펙토리 인 다대포

석양의 긴 꼬리가
사위기도 전에
커피 향내 아직도 코끝에 맴도는데
우린 여기를 떠나야 한다.
이별이 다 그런 것
붓질도 멈추고, 그리다 만 엄마의 눈에서 눈물이 흐른다.
처음 만날 때 그랬던 것처럼

우리 그렇게 또 떠나야 한다.
눈치챈 바람도 서성이는데
자꾸 뒤돌아보는 건 미련이 남아서다.

모질지 못한 것이 사람의 마음
그래도 여기서 희망을 보았고
두고 간 아름다운 사연들이 이리도 쌓였는데
작은 네모 창 너머에
그리운 얼굴들 새긴다.
허공에 그린다.
바람 속에 날린다.
다시 올 때 불러볼
그리운 이름이여!
아트펙토리 인 다대포.

# 나목

거리에 첼로의 선율이 흐르고
무심한 청소부는 잎들을 쓸어 모은다.

내 몸에 행복한 눈물이 흘러
나의 다한 살들이 슬프지 않게 넘칠 때

흐르는 것은 영혼의 노래
넘치는 것은 시간의 축복

지나간 기억들 발아래 묻고
아무 말 하지 않는 것은
시린 하늘이 서러워서가 아니다.

나 비록 마른 가루로 사라진다 해도
앙상한 뼈로 당당할 수 있음은

부활의 봄이 있기에
다 내려놓는 이 즐거움.

## 누그러지다

석쇠에 고기를 굽다
빨간 불길이 솟아오른다.

울화가 따리처럼
저 깊은 석쇠 아래 붉은 숯덩이

상추잎 한 장에
붉은 화색이 누그러지다.

# 늦기 전에

마스크를 쓰면 환자라고 할까봐
주저했는데 이젠,
마스크를 쓰지 않으면 눈총을 받는다.

사랑은 한발 다가서는 거라고
주장했는데 이젠,
한발 물러서는 게 사랑이란다.

몸이 멀어지면 마음 멀어진다고
부대끼며 사는 게 사람 사는 세상인데
집에 꼭꼭 숨어 사는 코로나 세상

눈에 뵈는 것도 아닌 것이
이토록 세상을 주무르니
눈에 뵈는 것은 다 헛되고 헛되다.

빈 의자, 빈 교실, 빈공간, 빈 세상
주님도 악한 것을 인간 위해 사용하니
늦기 전에 비어 있는 그곳은

＞

말씀으로 채워질 하나님 나라.

# 카톡 먹통

손전화 들고
종종 거린다.
너무 믿었나
믿는 도끼에
발등 찍혔다.
눈뜨면 열고
잠들 때까지
세상과 소통
갑자기 먹통
네트웍 교란
디지털 왕국
한순간 멈춤
할 바를 몰라
난 길 위에서
길을 잃었다.

# 말 한마디

말 한마디는

생각과 마음을
녹여내는 진주 알

입 밖에 나올 땐
속 보이는 유리알

떨어지면 깨질 까
흩어지는 모래알

# 세월이 나에게

세월의 길을 따라
여기까지 왔습니다.
돌아보면 길 위의 많은 날들
기쁨이 기쁨을 만나고
슬픔이 슬픔을 만나고
사람이 사람을 만나더이다.

강물도 꺾어 흐르고
세월도 굽이치니
천지간에 작은 인생도 거를 것이 하도 많아
군더더기 다 내려놓고 빈 몸으로 섰더니만
추스른 자리에 꽃 하나 피더이다.

세월의 길을 따라
지금 여기 있습니다.

나 지나간 자리에
아픔은 사랑 되고
슬픔은 기쁨 되는

그 꽃 하나 심고 싶어
좁은 길 헤치고 마파람 맞으며
빗장 하나 열었더니
강 건너 봄이 오듯
나 지나간 자리가 저기 보이더이다.

누군들 세월의 강 건너지 않으리.
누군들 꽃 하나 피우지 않으리.

속절없는 것이 꿈일지라도
또다시 소망하나 가슴에 품었더니
이 땅에 사람사람
사람의 꽃 되라 하더이다.

능소화가 피는 골목 ● 송순임

해설 •
장소사랑Topophilia, 그리고
가족과 일상에 대한 기독교적 상상력

양왕용(부산대 명예교수)

## 장소사랑Topophila, 그리고 가족과 일상에 대한
## 기독교적 상상력
### − 송순임 시집『능소화가 피는 골목』의 특질

**양 왕 용**
(한국현대시인협회 명예 이사장, 부산대 명예교수)

(1)

필자가 송순임 시인을 만난 지도 40년이 넘었다. 그 처음은 1982년 10월11일부터 13일까지 극단《전위무대》의 33회 공연이자 부산무대예술제 참가작품인 필자의 창작 희곡「유다의 배신」에 출연한 여배우로서였다. 송 시인은 1978년 박두석 작 전성한 연출의「아! 동래성」에서 데뷔한 이래 극단《전위무대》의 단원으로「혈맥」(1979),「길목」(1980),「세일즈맨의 죽음」(1982) 등에 출연하여 활발한 연기활동을 하고 있던 젊은 여배우였다. 그 때 그는 20대 젊은 나이였다. 두 번째는 1997년 동시인으로 데뷔한 직후에 부산일보에 보도된 기사를 보고 전화로 연극하던 송순임이냐고 물으면서였다. 2005년 부산문인협회 문인극에서는 필자가 대본을 쓴「이순신과 그 여인들」에서 동시인이자 문협회원으로 주연을 맡아 열연하기도 했다. 그는 칼럼집『터놓고 하는 세상이야기』(2018)와 동시집『봄비와 은행나무』(2021)를 엮기도 했다. 자유시는 간간이 쓰고 발표하기도 했으나 필자가 주목한 작품은《부산크리스천문학》2023년 하반기호에 발표한「통영 가는 길」이었다. 이 작품을 2024년 상반기호《부산크리스천문학》의 반연간평에서 언급하였다. 이를 계기로 용기를 얻어 시집을 내겠다면서 필자에게 원고를 보내왔다. 동시 못지않게 일정한 수준을 유지하고 있으면서 그 나름의 개성을 가지고 있었다.

송순임 시인의 두드러진 작품의 특징은 장소사랑 Topophilia을 기반으로 한 일상에 대한 서정적 소회와 그가 가지고 있는 개신교적 신앙고백이라고 볼 수 있다. 그의 장소사랑은 그가 살고 있는 부산시 남구 그것도 대연동 사랑을 기반으로 하고 있다. 그렇다고 그가 대연동 토박이는 아니다.


(2)

송 시인은 동국제강이 1963년 부산시 용호동 앞바다를 매립하여 국내 최초로 철강공장을 건설할 때 그 창립 멤버로 참여한 아버지를 따라 부산 대연동에 정착하였다. 그때 송 시인은 초등학교 2학년이었다. 송 시인의 부모님은 강화도 평화전망대에서 북녘 땅을 바라보면 눈으로도 보이는 황해도 연백군 분들이다. 연백은 개성처럼 6·25전쟁 전에는 38선 이남으로 대한민국 땅이었다. 두 분은 전쟁 중에 월남하여 서울 마포에 살다가 1964년 부산으로 내려 온 것이다. 송 시인의 아버님은 동국제강에서 퇴사하여 사업을 하다가 오래 전에 돌아가셨고, 어머님은 지금 93세의 연세에도 정정하신 채로 고향 연백을 그리워하며 송 시인과 함께 대연동에서 살고 계신다. 송 시인은 그 동안 유치원을 경영하며 학업은 학업대로 합창단원, 연극배우, 때로는 구의원과 시의원으로 현재는 유치원 이사장으로 정말 맹렬 여성으로 살아왔다. 그러면서 동시를 주로 창작하고 때로는 자유시를 써오면서 칼럼으로 대사회적 발언도 하면서 살고 있다. 이렇게 다양한 삶을 살면서 변하지 않는 하나는 초등학교 2학년인 1964년으로부터 60년이 지난 지금까지 대연동을 떠나지 않고 살고 있다는 점이다. 따라서 송 시인에게는 대연동이 바로 고향이라고 해도 틀린 말은 아니다. 이렇게 붙박이로 살고 있는 것을 바로 장소사랑Topophilia이라고 할 수 있다.

현대인은 정주적定住的이기보다 유랑적流浪的이라고 한다. 달리 말하면 유목민Nomad적이라고 한다. 그런데 송 시인은 왜 대연동을 떠나지 않고 있는 것일까? 하는 의문을 제기해 볼 수 있다. 우리 주위에는 고향을 북한에 두고 월남한 사람들 가운데 남한에 살다 뿌리를 내리지 못하고 해외로 특히 미국으로 이민 간 사람들이 많이 있다. 그런데 송 시인 부모님은 월남하여 서울에서 살다 부산 대연동에 정착하여 다른 데로 가지 않고 정주하고 있다. 이런 부모님의 정신을 이어받아 송 시인은 평생을 대연동에서 살고 있다. 필자는 이들의 정신세계를 지배하고 있는 것이 유랑민적 근성에 대비적인 한 곳에 뿌리 내리고 싶은 장소사랑이라고 보고자 한다.

이제 이러한 장소 사랑이 송 시인의 시에 어떻게 형상화되어 있는가 하는 점을 우선 살펴보기로 한다.

> 내가 국민학교 2학년 때 이사한 부산은
> 남촌 갯마을이었다.
> 갯벌을 매워 용광로를 건설하겠다는 산업시대의 역군들은
> 정말 개천에서 용트림을 하고 있었다.
> 온몸에서 떨어진 땀방울들이 쇠를 녹여내
> 불이 물처럼 시뻘건 쇳물은 흘러내리듯
> 고무장화 속 아버지의 발잔등을 이글이글 삼켰고
> 하얗게 상채기로 남은 반질반질한 죽은 피부의 표면은
> 용의 발자국이었다.
>
> – 「흔적」 전문

「흔적」(3부)은 송 시인이 언제 부산의 어디에 정착하였으며 그가 부산에 정착한 연유 즉 아버지가 동국제강 창설 멤버로 참가하였기 때문에 그의 출생지인 서울 마포에서 부산으로 이거하게 되었다는 사실에 기반을 둔 작품이다.

이 작품에서는 여성적 어조는 전혀 보이지 않는다. 그

의 아버지가 산업역군으로 용호동 바다를 매립하여 한
국 최초의 철강공장을 지어 산업화에 기여하였다는 사
실을 지극히 남성적 어조이면서 비유적으로 표현하고
있다. 동국제강 부산 공장은 2000년대 초에 다른 곳으
로 옮겨가고 지금은 LG건설에 의하여 2004년 완공된
80개동 7,400세대의 속칭 LG메트로시티라는 대단지
아파트가 들어섰으나 송 시인의 시 속에서는 유년의 남
촌 갯마을이며 아버지의 발잔등이 용의 발자국처럼 되
어 있는 동국제강 초기의 모습으로 남아 있다. 이러한
강렬한 인상이 송 시인을 남구 대연동에 붙잡아 두고 있
는 것이다.

송 시인의 유년기의 추억은 여기에서 끝나지 않고 있
다는 점은 다음과 같은 작품에서 밝혀지고 있다.

그곳엔 도토리가 많이 있었다.
다람쥐보다 날쌘 솜씨로
바구니에 주워 담았다.
가끔 엄마 몰래 깨물어 보지만 여전히
떫은 도토리는 아드득 아드득 맛있는 소리 때문에
뱉었다가 다시 입에 넣곤 했다.

거칠게 묵을 쑨 엄마의 맛보다
미끈하게 탱탱한 도토리묵 무침은
떫지도 거칠지도 않다.
그때는 도토리묵을 깨물어 먹었는데

지금은 도토리묵을 오물오물 먹는다.
그때는 모든 게 거칠었고
지금은 모든 게 매끄럽다.

그곳엔 아직도 도토리가 있고
나의 젊은 어머니가 그곳에 있다.

–「어머니와 도토리묵」 전문

「어머니와 도토리묵」(3부)은 '이기대 소고 (2)'라는 부제가 붙어 있다. '이기대 소고(1)'은 「아버지와 진달래」인데 이 두 편은 송 시인의 어린 시절 아버지와 어머니와 얽힌 추억을 '도토리묵'과 '진달래'라는 사물을 가지고 회상하는 의미구조로 쓰여진 작품들이다. 특히 인용한 「어머니와 도토리묵」은 어른이 된 지금 세련된 도토리묵을 먹으면서 어린 시절 이기대에서 도토리묵을 만들기 위하여 어머니와 함께 줍던 도토리와 얽힌 기억을 소환한다.

이 작품의 특질은 도토리를 어머니 몰래 깨물다가 떫어 뱉었다가 다시 그 소리에 매력을 느껴 다시 깨물던 지극히 미각적인 이미지를 바탕으로 하고 있는 점이다. 송 시인뿐만 아니라 대부분 사람들의 유년기의 추억들은 감각적 이미지 때문에 오래오래 기억된다. 그것이 소리를 동반하는 청각적 이미지일 때도 있고 송 시인의 다른 작품 「아버지와 진달래」에서처럼 '진달래'라는 시각적 이미지일 수도 있다. 그러나 이 작품은 이러한 것들

보다 드문 미각적 이미지로 인한 추억이라는 점이 이색
적이다.

또 하나의 특질은 지금도 변하지 않은 것이 있다는 점
을 강조하고 있다는 것이다. 이기대가 아무리 변하여도
지금도 도토리는 있고 진달래가 피는 것을 강조하고 있
다. 그와 더불어 그의 기억 속에는 늙지 않은 젊은 날의
어머니 혹은 아버지 모습이 그대로 간직되어 있다는 점
이다. 말하자면 흐르는 시간 속에서 변하지 않는 존재
를 추구 하는 것이 바로 유목민적이 아닌 정주적인 장
소사랑의 진정한 모습이라고 볼 수 있다.

우리 동네 골목에 들어서면
능소화가 담장너머
환하게 웃고 있다.

시골도 아니고
아파트가 주렁주렁
널부러진 동네 어귀에
붉은 능소화가 천연덕스럽게
턱 괴고 쳐다본다.

고집스런 이층집의
능소화 뿌리가
줄기를 힘차게 밀어주면
푸른 능소화 잎에

바람들이 들어와
도란도란 세상 이야기를
풀어 놓는다.

능소화가 피는 마당 깊은 집엔
참 좋은 사람들이 살 것 같다.
능소화가 있는 골목엔 집집마다
사람들이 참  따뜻할 것 같다.

- 「능소화가 피는 골목」 전문

「능소화가 피는 골목」(2부)은 이 시집의 제목이기도 하다. 능소화는 원래 중국이 원산지인데 예전에는 양반집 마당에만 심을 수 있어서 양반꽃이라고도 하는 덩굴식물로 꽃은 8-9월경에 피고 열매는 10월에 익는다. 꽃은 귤색에다 종 모양이기 때문에 단독주택의 정원수로 심어져 담을 넘어 이웃들에게 아름다움을 준다. 그런데 송 시인은 아파트가 즐비한 도심에 고집스럽게 존재하고 있는 2층 단독주택 담을 넘어 아름답게 핀 능소화를 시적제재로 삼아 이 시를 형상화 하고 있다.

「능소화가 피는 골목」은 여러 가지 측면에서 주목할 필요가 있는 작품이다. 우선 이 시는 송 시인의 본령이기도 한 동시에서 자주 사용하는 어린아이 어조를 가지고 있는 점이다. 어린아이 어조는 주로 의인화 기법을 바탕으로 사물에다 인격을 부여한다. 그런데 이 시가 자유시로서 성공한 것은 어린아이 어조 속에 어른 즉 송 시인의 세계관이 들어 있기 때문이다.

송 시인의 세계관은 아파트 천국인 도시에 대하여 다소 못마땅하게 생각하고 있다. 그러한 부분을 둘째 연의 전반부 '아파트가 주렁주렁/널 부러진 동네 어귀에'라고 표현하는 데에서 찾을 수 있다. 사실 송 시인뿐만 아니라 필자를 포함한 뜻 있는 사람들은 부산을 포함한 우리나라 도시의 스카이라인을 잠식하고 있는 아파트 중심의 풍경에 대하여 못마땅해 할 수밖에 없을 것이다. 특히 미국이나 캐나다 같은 넓은 영토를 가진 선진국을 방문할 경우 다운타운 말고는 숲 속에 파묻혀 있는 개인주택, 그리고 아파트라 해도 4-5층을 넘지 않는 온통 숲 속의 도시를 보면 부러워하지 않을 수 없다. 이러한 태도가 반영된 것이 바로 둘째 연이다. 그런데 아파트 투성이의 도시에 청량제 구실을 하는 것이 능소화가 핀 골목이다. '붉은 능소화가 천연덕스럽게/턱 괴고 쳐다본다'라는 둘째 연의 후반부는 사물에다 인격을 부여하는 것을 넘어서 유모어와 위트까지 느껴지는 표현이다. 즐비하게 늘어선 고층 아파트를 우습게 비라보는 능소화라는 상황설정은 못마땅함을 넘어 안타깝기도 하다는 데에 공감하지 않을 수 없다. 이렇게 능청스럽게 표현하는 기법은 다른 시인들의 작품에서는 좀처럼 찾기 힘들다.

마지막으로 셋째 연과 넷째 연에서는 송 시인의 이웃 사랑이 드러난다. '푸른 능소화 잎에/바람이 들어와/ 도란도란 세상 이야기를/풀어 놓는다'라는 부분에서는 같은 아파트에 살면서도 제대로 대화가 없는 세태에 대한 일종의 풍자라고 볼 수 있다. 그리고 넷째 연의 후반부 '능소화가 있는 골목엔 집집마다/ 사람들이 참 따뜻할 것 같다.'라는 진술은 사랑이 넘치는 공동체를 지향하는 송 시인의 소망이 담겨 있다.

송 시인의 사물이나 삶, 그리고 이웃에 대한 태도는 부산 대연동을 그들의 고향이라 생각하고 떠나지 않는 송 시인의 부모님의 장소사랑 정신을 이어 받았으며 이러한 태도가 그의 풀뿌리 정치에 뛰어 든 것이라고도 볼 수 있다. 그리고 이러한 이웃 사랑은 송 시인의 신앙인 예수님의 가르침이기도 하다


(3)
다음으로는 송 시인의 가족 사랑과 현실에 대한 태도를 어떠한 세계관을 바탕으로 보여주는가 하는 점을 알 수 있는 시 편에 대하여 살펴보기로 한다.


난 통영 가는 길을 좋아한다.
구불구불 휘어진 길이 참 좋다.
육지와 섬이 이어진 다리를 건너면
나의 숨바꼭질이 시작된다.
산을 감고 고운 선 따라 나타나는 섬이 동동 떠 있고,
흑백영화처럼 강촌이 평화처럼 흐르고,
미지의 세계를 탐험하듯 항만의 크레인들은

바다 위에선 잘 전시된 조각품이다.


난 통영 가는 길이 참 좋다.
이 길 끝에는 나를 기다리는 사람이 있기 때문이다.
피붙이가 그런 것일까?
물이 땅에 스며들 듯
나의 여동생은 누군가의 부르심으로
그렇게 그 땅에 뿌리내려 일가를 이뤘다.
뿌린 대로 거두리라.
손길 발길 따라 눈물 뿌리고
거친 손 모우고 주님께 기도하는 굽은 어깨도
통영 가는 길을 닮았다.


어머니가 통영 가는 길은 주님께 닿는 길이다.
황해도 연백에서 통영까지
어머니의 굴곡진 인생과 참 닮았다.
태어난 증손녀까지 100여 년을 굽이쳐
통영까지 올 줄이야
이젠 돌아가려 한다.
처음 시작한 그곳으로 다시
연어의 귀환 같은 삶의 종착을 하려한다.
구불구불 통영에서 연백까지
주님이 주신 그 아름다운 곡선 따라 그 길을 가려한
다.

그리고 난,

왔다가 가는 길을 통영 가는 길에서 찾았다.

- 「통영 가는 길」 전문

「통영 가는 길」(1부)은 송 시인의 여동생의 손녀 즉 송 시인의 어머니에게는 증손녀가 되는 아이를 보려고 통영을 가는 도정이 시적제재로 등장한다. 송 시인의 동생은 목회자인 남편을 따라 통영에 이주해 아들 둘을 키웠고 그 아들 하나가 장가를 가서 딸을 낳았는데 그 딸을 보러 가는 길이다. 그런데 부산에서 통영까지 가는 그 길이 단순한 풍광의 길로만 묘사된 것이 아닌 것이 이 시가 가지고 있는 중요한 특징이다.

첫째 연에서는 '평화'라는 관념적 시어가 등장하기는 하지만 대체적으로 부산에서 가덕도를 거쳐 거제 그리고 통영을 가는 풍광이 전개되고 있다. 그러나 둘째 연에서는 그의 가족 사랑이 직접적으로 진술되고 여동생은 신앙이 지극한 인물이라는 것이 드러난다. 사실 이 둘째 연은 구약성경 시편 126편 5-6절 '눈물을 흘리며 씨를 뿌리는 자는 정녕 기쁨으로 그 단을 가지고 돌아오리로다'를 송 시인 나름으로 변용한 것이다. 셋째 연에서는 송 시인 어머니의 굴곡진 삶을 통영 가는 길에 비유하고 있다. 즉, 황해도 연백에서 월남하여 서울을 거쳐 부산에 정착하여 젊은 시절 남편을 하늘나라로 보내고 출가 시킨 딸의 손녀를 보려고 통영까지 가는 굽이굽이의 길이 그녀의 지금까지 살아온 것과 유사하다는 인식을 한 것이다. 그런데 송 시인은 어머니의 굴곡진 삶이나 연백에서 통영까지의 길 모두 주님께서 주신 것이라 인식하고 있다. 그러면서 어머니의 얼마 남지 않은 이 세상의 삶이 끝나는 날을 연어처럼 귀향하는 것이라 진술하고 있다. 달리 말하면 주님 품으로 돌아가는 것이며 송 시인을 포함한 우리 모두는 언젠가 주님 품으로 돌아간다는 인식을 마지막 넷째 연에서 하고 있다. 그리고 그것을 통영 가는 길에서 찾았다는 송 시인의 진술 자체가 지극히 시적인 인식이라고 볼 수 있다.

이 작품의 마지막 특질은 가족 사랑에서만 끝나지 않고 장소사랑으로 이어지고 있다는 점이다. 이러한 점도 송 시인이 가지고 있는 독특한 인식이다. 보통 사람들은 혈육이 머물고 있는 장소에 대하여 무심한 경우가 많다. 그러나 부모님이 다 월남한 송 시인에게는 동생이 목회자 사모로 이주를 하여 일가를 이룬 통영이 예사로운 장소가 아닌 것이다.

고가도로 위에서 도시를 바라본다.
아파트 창문에서 흘러나오는 불빛
층층이 고단한 도시인들의 애환도
섞여 나온다.

4인 가구 아니면 둘이 사는 부부,
혹은 홀로 사는 집
해가 지면 사람들은

이 건물에서 나와 저 건물로 들어간다.

하나둘 불이 꺼지면
모두들 잠드는 밤
죽음과도 같은 잠

달은 반쪽이 된 얼굴로
힘없이 바라본다.

어디에도 맘 붙일 곳 없는 나그네의
방향 잃은 눈동자도
이리 저리 굴러다닌다.
아파트 사이로
교회의 붉은 십자가

이윽고 아침이면
부활처럼 잠에서 깨어난다.
산다는 것은
그렇게 매일 매일
죽음과 부활을 연습하는 것이다.

　　　　　　　　　　　　　　　　　– 「산다는 것은」 전문

　「산다는 것은」(4부)은 송 시인의 시 가운데 일상에 대한 그의 인식을 대표하는 작품 가운데 하나이다. 그 일상이 송 시인 개인의 일상이기도 하지만 이 세상 속에 살고 있는 많은 사람들의 일상이기도 하다. 이 시는 특히 그러한 점이 강조되고 있는 작품이다.

첫째 연에서 시적화자는 고가도로 위에서 아파트를 바라보는 것으로 시를 시작한다. 아파트에서 흘러나오는 불빛을 바라보며 그 속에서 살고 있는 도시인의 애환을 생각한다. 둘째 연에서는 반복되는 일상을 응축시켜 표현하고 있다. 송 시인이 인식하고 있는 세상으로의 삶, 즉 일상은 긍정적인 점이 아닌 것이 특징이다. 계속하여 그는 잠자는 것을 '죽음'이라고 비유한다. 심지어 반달도 얼굴이 반쪽이 되어 사람들이 사는 모습을 염려하며 힘없이 바라보고 있다고 표현하고 있다. 그런데 그러한 일상에 한줄기 빛이 '교회의 붉은 십자가'인 것이다. 이렇게 교회가 희망을 준다는 인식은 마지막 연에서 잠에서 깨어나는 것을 매일 매일 죽음과 부활이 반복된다는 데에 이르게 된다.

다음과 같은 작품에서는 송 시인이 기지고 있는 기독교적세계관이 더욱 두드러지게 나타나고 있다.

마스크를 쓰면 환자라고 할까봐
주저했는데 이젠,
마스크를 쓰지 않으면 눈총을 받는다.

사랑은 한발 더 다가서는 거라고
주장했는데 이젠,
한발 물러서는 게 사랑이란다.

〉

　몸 멀어지면 마음 멀어진다고
　부대끼며 사는 게 사람 사는 세상인데
　집에 꼭꼭 숨어 사는 코로나 세상

　눈에 뵈는 것도 아닌 것이
　이토록 세상을 주무르니
　눈에 뵈는 것은 다 헛되고 헛되다.

　빈 의자, 빈 교실, 빈 공간, 빈 세상
　주님도 악한 것을 인간 위해 사용하니
　늦기 전에 비어 있는 그곳은

　말씀으로 채워질 하나님 나라.

　　　　　　　　　　　　　　　　　ㅡ「늦기 전에」 전문

　「늦기 전에」(5부)는 지금은 잠잠하지만 2019년 연말부터 2023년 초까지 기승을 부리던 〈코로나 19〉 사태를 제재로 한 시이다. 많은 시인들이 〈코로나 19〉 사태를 제재로 하여 시를 썼다. 그러나 송 시인처럼 이 사태를 기독교적세계관을 바탕으로 쓴 작품은 많지 않다.

　기독교적세계관이 형상화되어 가는 과정은 우선 둘째 연과 셋째 연에서 '사랑'을 들고 나온 것이다. 굳이 신약성경 고린도전서 13장을 상기하지 않아도 신약성경에서 예수님이 가장 강조한 것은 사랑이다. 사랑은 하나

님을 사랑하는 수직적 사랑과 이웃을 사랑하는 수평적
사랑이 있다. 이 시에서 송 시인이 강조하고 있는 사랑
은 서로 몸을 부대끼며 사는 수직적 사랑 즉, 이웃 사랑
이다. 코로나 19라는 눈에 보이지도 않는 바이러스가
이러한 이웃 사랑을 파괴했다고 인식한다. 그러나 송 시
인은 눈에 보이지 않는 것에 눈에 보이는 사물들이 꼼
짝없이 당하는 것도 기독교적세계관으로 인식한다. 즉,
눈에 뵈는 것은 헛된 것이며 사람들이 모이지 않아 빈
의자. 빈 교실, 빈 공간, 빈 세상이 된 것은 하나님께서
악한 바이러스를 사용하여 비어진 그곳에서 늦기 전에
'말씀으로 채워질 하나님 나라'를 발견하라는 일종의 인
간들에게 내린 경고로 인식하고 있다.

이상과 같이 송 시인의 장소사랑, 가족사랑, 그리고
현실 인식의 밑바탕에는 그의 신앙인 기독교적세계관
이 깔려 있는 것이다.

**(4)**

송 시인의 작품 가운데도 다음과 같은 작품은 사물 자
체에 대한 아름다움과 풍경에 대한 여성적인 감성을 보
여주고 있다.

(가) 하얀 치마폭
　　　사이사이마다
　　　지리산 골바람

풀어 헤치다.

하늘로부터 쏟아지는
하얀빛 알갱이들

알알이 보석으로 품은 순백의
웨딩드레스.

-「폭포」전문

(나) 평평한 길 위에
바람이 눕습니다.
하늘도 반쯤 내려앉아
아무도 모르는 작은 연못
새끼오리들 모처럼
울 밖에 나왔습니다.

평화가 있는 곳
몸보다 마음 먼저 달려와
눈 감아도 어느 새
발길 닿는 이곳
초록 물드는 가을비 속에
내가 있습니다.

고요해서 슬픈 길
다시 돌아갈 수 없는

그래서 처음부터 없던 길

이름 모를 아름다운 이국의 청춘

숲 모퉁이 돌아설 때

하늘가 불그스름 눈물 훔칩니다.

- 「유엔 공원」 전문

(가) 「폭포」(1부)는 지리산의 폭포를 묘사한 시이다. 송 시인에게도 이렇게 섬세한 감수성의 시편들이 있으며 이 시집의 1부와 2부에는 그러한 작품들이 다수 편집되어 있다. (나) 「유엔공원」(5부)은 송 시인의 집 근처에 있는 재한유엔기념공원(부산시 남구 유엔평화로 93. 대연동)을 제재로 한 시이다.

유엔기념공원은 6·25전쟁 때 참전하여 전사한 유엔군과 그 이후 작고한 참전 유엔군이 안장되어 있는 묘지이다. 2001년 유엔기념공원으로 명칭이 변경되었으며, 참전국이 세운 기념비와 기념관, 추모관, 추모명비. 위령탑 등이 소재하고 있다. 이곳에는 영국군 892명, 튀르키예 462명, 캐나다 381명, 네덜란드 123명, 미국 40명 한국 38명, 무명용사 4명 등 총 13개국 2,328명이 안장되어 있으며 최근에도 종종 한국에 묻히기를 소망하는 참전 용사들이 있어 그 안장식이 뉴스에 나오기도 한다. 그리고 아름답게 가꾸어져 있어 많은 참배객과 관광객들이 몰려오는 곳으로 세계 유일의 유엔 기념 묘지공원으로 부산시 남구의 여러 가지 의미로 소중한 자산이다. 송 시인은 시에서처럼 이곳을 자주 방문한다. 그리고 마지막 연에서처럼 6·25 전쟁 중 대한민국을 위하여 목숨을 바친 이국의 청년들의 죽음을 애도하며 저녁노을을 눈물 훔치는 것으로 인식한다.

필자는 송 시인에게 이곳에서 참전국 작가들을 초청하여 〈국제평화문학제〉를 열면 부산시 남구 나아가서는 부산시의 국제적 위상이 높아질 것이라 말한 적이 있다. 이 시집의 발간을 계기로 필자의 이러한 소망이 현실로 다가오기를 기대하면서 송 시인의 장소 사랑 그것도 부산시 남구 대연동 사랑으로 충만한 시집 『능소화가 피는 골목』의 평설을 마친다.